Dirección Editorial: **Raquel López Varela**
Coordinación Editorial: **Ana María García Alonso**
Maquetación: **Cristina A. Rejas Manzanera**
Diseño de cubierta: **Francisco A. Morais**
Título original: *31 Uses for a Mom*
Traducción: **Esther Sarfatti**

Primera edición del 978-84-441-4242-5
(Segunda edición del 978-84-241-8777-4)

First published in the United States under the title 31 USES FOR A MOM by Harriet Ziefert, illustrated by Rebecca Doughty.
Text Copyright © Harriet Ziefert, 2003
Illustrations Copyright © Rebecca Doughty, 2003
Published by arrangement with G. P. Putnam's Sons, a division of Penguin Young Readers Group, a member of Penguin Group (USA) Inc. All rights reserved.
© EDITORIAL EVEREST, S. A.
Carretera León-La Coruña, km 5
ISBN: 978-84-441-4242-5
Depósito legal: LE. 736-2011
Printed in Spain - Impreso en España

EDITORIAL EVERGRÁFICAS, S. L.
Carretera León-La Coruña, km 5
LEÓN (España)
Atención al cliente: 902 123 400
www.everest.es

31 usos para mamá

Harriet Ziefert
Ilustrado por **Rebecca Doughty**

1.
RELOJ

2.
TAXISTA

3.
PELUQUERA

4.
MODISTA

5.
BRÚJULA

6.
DOCTORA

7. COMPAÑERA DE EQUIPO

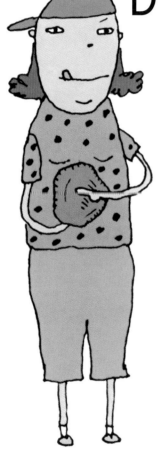

8.
RECOGEPELOTAS

9.
COLUMPIO

10.
ENCICLOPEDIA

11.
PIANISTA

12.
SILLA DE PLAYA

13.
ABREBOTELLAS

14.
ARREGLALOTODO

15.
DEGUSTADORA

16.
FOTÓGRAFA

17.
SACAMUELAS

18.
ANIMADORA DE
CUMPLEAÑOS

19.
METRO

20.

OPONENTE

21.
ASISTENTE
PERSONAL

22. CONTESTADOR
AUTOMÁTICO

23.
DISEÑADORA
DE DISFRACES

24. TERMÓMETRO

25.
PASEAMASCOTAS

26.
BATIDORA

27.

BANCO

28.
PINZA

29.
COMPAÑERA DE PASEOS

30.
CUENTACUENTOS

31.
AMIGA